Arciniegas, Triunfo, 1957-
　　Caperucita Roja y otras historias perversas / Triunfo Arciniegas ; ilustraciones Alexis Forero Valderrama (Alekos). -- 2a. ed. / edición Juan Carlos González Espitia. -- Santafé de Bogotá : Panamericana Editorial, 1997.
　　160 p. : il. ; 22 cm. -- (Colección literatura juvenil)
　　ISBN 958-30-0265-8
　　1. Cuentos infantiles colombianos I. Alekos, 1953-　　, il. II. González Espitia, Juan Carlos, ed. III. Tít. IV. Serie
I963.6 cd 10 ed.
AGA5820

　　　　　　　　　　　　　　CEP-Biblioteca Luis-Angel Arango

# Caperucita Roja y otras historias perversas

Triunfo Arciniegas

# Caperucita Roja
## y otras historias perversas

PANAMERICANA

Editor
Panamericana Editorial Ltda.

**Dirección editorial**
Andrés Olivos Lombana

**Edición**
Juan Carlos González Espitia

**Diseño de carátula**
Diego Martínez Celis

**Ilustraciones interiores y de carátula**
Alexis Forero Valderrama (Alekos)

**Diagramación**
Francisco Chuchoque Rodríguez

Primera edición en Panamericana Editorial Ltda., mayo de 1996
**Cuarta reimpresión**, agosto de 2001

© 1996 Triunfo Arciniegas
© 1996 Panamericana Editorial Ltda.
Calle 12 No. 34-20, Tels.: 3603077 - 2770100
Fax: (57 1) 2373805
Correo electrónico: panaedit@panamericanaeditorial.com
www.panamericanaeditorial.com.co
Bogotá, D. C., Colombia

ISBN Volumen: 958-30-0265-8
ISBN Colección: 958-30-0780-3

Todos los derechos reservados.
Prohibida su reproducción total o parcial
por cualquier medio sin permiso del Editor.

Impreso por Panamericana Formas e Impresos S. A.
Calle 65 No. 95-28, Tels.: 4302110 - 4300355, Fax: (57 1) 2763008
Quien sólo actúa como impresor.

in Colombia

*A Marino Troncoso,
siempre en la memoria.*

# Contenido

Caperucita Roja ................................ 1
Fábula de la pequeña
   bella durmiente ........................ 13
Los tres cerditos ........................... 29
El sapito que comía princesas ........ 41
El señor de la barba azul ............... 61
La princesa y las pulgas ................ 81
El secreto de la princesa ............... 91
El país de las bellas durmientes ... 105
La princesa, el gato y el diablo ..... 121
El caballo del príncipe .................. 135

*Y la pobre niña, que no sabía que es peligroso pararse a escuchar al lobo...*

Charles Perrault

# Caperucita Roja

Ese día encontré en el bosque la flor más linda de mi vida. Yo, que siempre he sido de buenos sentimientos y terrible admirador de la belleza, no me creí digno de ella y busqué a alguien para ofrecérsela. Fui por aquí, fui por allá, hasta que tropecé con la niña que le decían Caperucita Roja. La conocía pero nunca había tenido la ocasión de acercarme. La había visto pasar hacia la escuela con sus compañeros desde finales de abril. Tan locos, tan traviesos, siempre en una nube de polvo, nunca se detuvieron a conversar conmigo, ni siquiera me hicieron un adiós con la mano. Qué niña más graciosa. Se dejaba caer las medias a los tobillos y una mariposa ataba su cola de caballo. Me quedaba oyendo su risa entre los árboles. Le escribí una carta y la encontré sin abrir días después, cubierta de polvo, en el mismo árbol y atravesada por el mismo alfiler. Una vez vi que le tiraba la cola a un perro para divertirse. En otra ocasión apedreaba los murciélagos del campanario. La última vez llevaba de la oreja un conejo gris que nadie volvió a ver.

Detuve la bicicleta y desmonté. La saludé con respeto y alegría. Ella hizo con el chicle un globo tan grande como el mundo, lo estalló con la uña y se lo comió todo. Me rasqué detrás de la oreja, pateé una piedrecita, respiré profundo, siempre con la flor escondida. Caperucita me miró de arriba abajo y respondió a mi saludo sin dejar de masticar.

–¿Qué se te ofrece? ¿Eres el lobo feroz?

Me quedé mudo. Sí era el lobo pero no feroz. Y sólo pretendía regalarle una flor recién cortada. Se la mostré de súbito, como por arte de magia. No esperaba que me aplaudiera como a los magos que sacan conejos del sombrero, pero tampoco ese gesto de fastidio. Titubeando, le dije:

–Quiero regalarte una flor, niña linda.

–¿Esa flor? No veo por qué.

–Está llena de belleza –dije, lleno de emoción.

–No veo la belleza –dijo Caperucita–. Es una flor como cualquier otra.

Sacó el chicle y lo estiró. Luego lo volvió una pelotita y lo regresó a la boca. Se fue sin despedirse. Me sentí herido, profundamente herido por su desprecio. Tanto, que se me soltaron las lágrimas. Subí a la bicicleta y le di alcance.

–Mira mi reguero de lágrimas.

–¿Te caíste? –dijo–. Corre a un hospital.

–No me caí.

–Así parece porque no te veo las heridas.

–Las heridas están en mi corazón –dije.

–Eres un imbécil.

Escupió el chicle con la violencia de una bala.

Volvió a alejarse sin despedirse.

Sentí que el polvo era mi pecho, traspasado por la bala de chicle, y el río de la sangre se estiraba hasta alcanzar una niña que ya no se veía por ninguna parte. No tuve valor para subir a la bicicleta. Me quedé toda la tarde sentado en la pena. Sin darme cuenta, uno tras otro, le arranqué los pétalos a la flor. Me arrimé al campanario abandonado pero no encontré consuelo entre los murciélagos, que se alejaron al anochecer. Atrapé una pulga en mi barriga, la destripé con rabia y esparcí al viento los pedazos. Empujando la bicicleta, con el peso del desprecio en los huesos y el corazón más desmigajado que una hoja seca pisoteada por cien caballos, fui hasta el pueblo y me tomé unas cervezas. «Bo-

nito disfraz», me dijeron unos borrachos, y quisieron probárselo. Esa noche había fuegos artificiales. Todos estaban de fiesta. Vi a Caperucita con sus padres debajo del samán del parque. Se comía un inmenso helado de chocolate y era descaradamente feliz. Me alejé como alma que lleva el diablo.

Volví a ver a Caperucita unos días después en el camino del bosque.

–¿Vas a la escuela? –le pregunté, y en seguida caí en la cuenta de que nadie asiste a clases con sandalias plateadas, blusa ombliguera y faldita de juguete.

–Estoy de vacaciones –dijo–. ¿O te parece que éste es el uniforme?

El viento vino de lejos y se anidó en su ombligo.

–¿Y qué llevas en el canasto?

–Un rico pastel para mi abuelita. ¿Quieres probar?

Casi me desmayo de la emoción. Caperucita me ofrecía su pastel. ¿Qué debía hacer? ¿Aceptar o decirle que acababa de almorzar? Si aceptaba pasaría por ansioso y maleducado: era un pastel para la abuela. Pero si rechazaba la invitación, heriría a Caperucita y jamás volvería a dirigirme la palabra. Me parecía tan amable, tan bella. Dije que sí.

–Corta un pedazo.

Me prestó su navaja y con gran cuidado aparté una tajada. La comí con delicadeza, con educación. Quería hacerle ver que tenía maneras refinadas, que no era un lobo cualquiera. El pastel no estaba muy sabroso, pero no se lo dije para no ofenderla. Tan pronto terminé sentí algo raro en el estómago, como una punzada que subía y se transformaba en ardor en el corazón.

–Es un experimento –dijo Caperucita–. Lo llevaba para probarlo con mi abuelita pero tú apareciste primero. Avísame si te mueres.

Y me dejó tirado en el camino, quejándome.

Así era ella, Caperucita Roja, tan bella y tan perversa. Casi no le perdono su travesura. Demoré mucho para perdonarla: tres días. Volví al camino del bosque y juro que se alegró de verme.

—La receta funciona –dijo–. Voy a venderla.

Y con toda generosidad me contó el secreto: polvo de huesos de murciélago y picos de golondrina. Y algunas hierbas cuyo nombre desconocía. Lo demás todo el mundo lo sabe: mantequilla, harina, huevos y azúcar en las debidas proporciones. Dijo también que la acompañara a casa de su abuelita porque necesitaba de mí un favor muy especial. Batí la cola todo el camino. El corazón me sonaba como una locomotora. Ante la extrañeza de Caperucita, expliqué que estaba en tratamiento para que me instalaran un silenciador. Corrimos. El sudor inundó su ombligo, redondito y profundo, la perfección del universo. Tan pronto llegamos a la casa y pulsó el timbre, me dijo:

—Cómete a la abuela.

Abrí tamaños ojos.

—Vamos, hazlo ahora que tienes la oportunidad.

No podía creerlo.

Le pregunté por qué.

—Es una abuela rica —explicó—. Y tengo afán de heredar.

No tuve otra salida. Todo el mundo sabe eso. Pero quiero que se sepa que lo hice por amor. Caperucita dijo que fue por hambre. La policía se lo creyó y anda detrás de mí para abrirme la barriga, sacarme a la abuela, llenarme de piedras y arrojarme al río, y que nunca se vuelva a saber de mí.

Quiero aclarar otros asuntos ahora que tengo su atención, señores. Caperucita dijo que me pusiera las ropas de su abuela y lo hice sin pensar. No veía muy bien con esos anteojos. La niña me llevó de la mano al bosque para jugar y allí se me escapó y empezó a pedir auxilio. Por eso me vieron vestido de abuela. No quería comerme a Caperucita, como ella gritaba. Tampoco me gusta vestirme de mujer, mis debilidades no llegan hasta allá. Siempre estoy vestido de lobo.

Es su palabra contra la mía. ¿Y quién no le cree a Caperucita? Sólo soy el lobo de la historia.

Aparte de la policía, señores, nadie quiere saber de mí.

Ni siquiera Caperucita Roja. Ahora más que nunca soy el lobo del bosque, solitario y perdido, envenenado por la flor del desprecio. Nunca le conté a Caperucita la indigestión de una semana que me produjo su abuela. Nunca tendré otra oportunidad. Ahora es una niña muy rica, siempre va en moto o en auto, y es difícil alcanzarla en mi destartalada bicicleta. Es difícil, inútil y peligroso. El otro día dijo que si la seguía molestando haría conmigo un abrigo de piel de lobo y me enseñó el resplandor de la navaja. Me da miedo. La creo muy capaz de cumplir su promesa.

# Fábula de la pequeña bella durmiente

De niña, la princesa María Angélica creía que en la caja de cristal la abuelita dormía. Nunca se atrevió a despertarla. Siempre la miró desde la puerta, con un dedo en la boca, mientras el jardinero negro cambiaba las rosas de los jarrones. Le parecía que cada día la abuelita estaba más pequeña.

La princesa María Angélica soñaba que despertaba toda cubierta de telarañas, reducida al tamaño de Pulgarcito, en una caja de cristal. Despertaba de verdad, empapada, envuelta entre las sábanas, gritando, a veces debajo de la cama, y corría a mirarse en el espejo.

Cuando la consideraron con edad suficiente, le explicaron que la abuela Anastasia no estaba dormida sino muerta y que había sido reina en otro siglo.

–¿Y por qué no la entierran como a todo el mundo?

–La gente quiere rendirle homenaje.

Los reyes abrían el castillo los domingos, sólo los domingos, y la gente hacía cola para ver a la difunta. El reglamento establecía una mirada de sólo tres minutos para que la difunta reina, la pequeña bella durmiente, no se desgastara. La verdad es que tres minutos eran demasiado tiempo. La gente dedicaba diez segundos a la momia y el resto a la decoración de la sala. Siempre salían hablando de las cortinas, viejas y raídas, indignas de un palacio real, y a menudo exageraban e inventaban.

La pequeña bella durmiente sí era pequeña pero no tan bella. Su piel se ha-

## Fábula de la pequeña bella durmiente

bía vuelto amarillenta, como las velas que ahumaban las iglesias, sus uñas se habían alargado y curvado, y los labios se habían acortado y dejaban ver dos hileras de dientes desordenados y sin cepillar. La pequeña bella durmiente parecía una muñeca del circo del terror o, peor aún, una pequeña bruja, y ni siquiera una bruja de alcurnia sino solamente una anticuada bruja de juguete. Las ropas le quedaban cada vez más grandes, por supuesto, y parecía la hermana menor de las momias egipcias que los niños habían visto en los libros.

El viejo jardinero negro era el único que la veneraba.

–¿De verdad conociste a la abuela? –preguntó la princesa María Angélica.

–Yo era muy joven cuando vine a cuidar el jardín y ya soy muy viejo, princesa. La reina Anastasia sabía mandar, sí que sabía mandar, y se hizo famosa por su corazón de hierro. Cambió mucho cuando enviudó. Ya vieja, se vestía de rojo y daba fiestas todas las noches.

Quería divertirse antes de descansar junto a los huesos del rey Lázaro, todo un santo varón. Ay, princesa, no entiendo nada, no me gusta que expongan a la reina a los ojos de tanta gente que no le manifiesta ningún respeto. Al menos, mientras yo viva, no le faltarán las rosas.

La princesa tampoco entendía aquello de los homenajes. Aparte del jardinero, nadie le llevó una flor a la difunta ni mucho menos le dedicó una oración. La gente iba al castillo a brujear, a mirarlo todo con avidez, para después regar el chisme y desquitarse por una boleta tan cara.

–En casa no estamos tan mal –decían.

–¿Te fijaste en las troneras de la alfombra?

–Esa momia, con sólo tocarla, se desmorona.

–Está buena para dársela de banquete a las polillas.

La princesa pidió otra vez que enterraran a la abuelita Anastasia o que la vendieran a un museo.

## Fábula de la pequeña bella durmiente

—No nos darían ni el dinero que le sacamos en un mes —dijo el rey, y se acabó la discusión.

En fin, con los años, la princesa María Angélica entendió que la exhibición de la reina Anastasia era un gran negocio y, cuando ella misma fue reina, se sintió incapaz de renunciar a las fabulosas ganancias. Hizo escribir un libro con la vida y milagros de la difunta Anastasia para cimentar su prestigio y acabar con las murmuraciones. Se decía en las tabernas que la difunta fue una gran parrandera, que de noche había dormido menos que un vampiro y se escapaba por las ventanas para ver a los novios y que en su juventud había vendido canastos en la plaza de mercado, pero no, qué barbaridad, la reina siempre fue de sangre azul hasta las orejas, una respetadísima señorita y un nido de virtudes. Había dormido desde su niñez hasta su juventud, cuando el futuro rey la despertó en el bosque con un beso. Su madre la había llevado allí en una cama de ruedas a tomar el aire fresco.

El rey, entonces un bellísimo príncipe que cazaba conejos para matar el ocio, la vio dormida entre las flores y cayó rendido de amor.

–Levántate, Lázaro, y dale un beso –dijo la madre.

El príncipe se acercó y le dio el famoso beso. La princesa Anastasia abrió los ojos y preguntó:

–Señor, ¿desde cuándo no te afeitas?

La madre replicó que esas preguntas no se le hacían a un príncipe.

–Entonces dime desde cuándo no te bañas.

–Cállate, niña –dijo la madre.

–He estado corriendo detrás de los conejos –dijo el príncipe Lázaro.

–Ya te haré correr detrás de mí –dijo la princesa Anastasia.

–Me mata la emoción –dijo el príncipe Lázaro.

–Entonces yo llevaré la escopeta –dijo la princesa Anastasia.

Con la publicación del libro, la fama de la bella durmiente se solidificó y se

extendió a otros países. Nada se decía de su afición a practicar el tiro al blanco con el rey ni de su legendaria tacañería. Una vez hizo pintar la puerta de la casa de un pobre y el libro explicaba con abundantes detalles y fotografías que la reina Anastasia regaló treinta y siete casas a los más necesitados. Una mugre que le cayó en el ojo durante los magníficos funerales del rey Lázaro le arrancó una lágrima y el libro la transformó en un millón de lágrimas de amor a su majestad. Una vez le regaló una pastilla para el dolor de cabeza a una de sus sirvientas y el libro afirmaba que la reina Anastasia realizaba milagros con cierta frecuencia.

El voluminoso libro nada decía de la famosa escena de la tumba que los borrachos representaban muertos de risa en las tabernas. Los lunes, día de los difuntos, la reina Anastasia se vestía de negro y golpeaba la tumba del rey Lázaro con su anillo de diamantes.

–¿Quién es? –decía una voz.
–Tu amada Anastasia, Lázaro mío.

–Ya no eres mi amada ni tampoco soy tu Lázaro –decía la voz–. Se nota que te diviertes sin mí. Hasta aquí llega la música de las parrandas del palacio. Hasta aquí llegan las botellas de champaña que tus invitados arrojan por las ventanas.

–Déjate de reproches, Lázaro. Olvidas que soy la reina. Además, me duele todo, hasta los huesos. La champaña me revuelca el estómago. La vida es dura. En fin, desconsiderado, tú no tienes de qué quejarte, ya no te duele nada.

–Tan vieja y sigues bailando como una loca.

–Loca, tal vez; vieja, nunca.

–No te arrodilles, querida, podrías cortarte con el pico de una botella de champaña.

–No te pongas difícil, Lázaro. No es la primera vez que me tienes de rodillas.

–Cualquiera pensaría que soy tu adoración.

–Vine a verte porque te quiero.

–Hay amores que matan. El agujero que me hiciste no se me llena con nada. Te esperé porque no tenía adónde ir.

—Ay, Lázaro.

—Ay, Anastasia. ¿Por qué me disparaste?

—Le disparé a la manzana que te pusiste encima de la corona. Te moviste a última hora.

—Me diste en el corazón y se me acabó la vida.

—No te pongas con detalles ahora. Nos vemos, querido. Voy a quitarme estos trapos. Nunca me gustó el negro.

—El rojo le sienta bien a la reina. ¿Todavía acabas un par de zapatillas por noche? ¿A quién le disparas ahora? Me matan los celos, querida.

—¿Acaso no tengo derecho a divertirme? Ahí te dejo un beso.

—Nos vemos el lunes —decía la voz—. Trata de dormir.

—Ya dormiré cuando venga a acompañarte para siempre, querido. Voy a hacerte una promesa para que te pongas contento. Voy a mejorar la puntería.

El libro se vendió como pan caliente a pesar de las falsedades y las omisiones, de sus setecientas páginas y su precio descarado. Se tradujo al inglés, al francés y al italiano, y en todas partes se vendió con el mismo éxito. Ganó el Premio Vidas Ejemplares, que cada año otorgaba la respetadísima academia de Pepita Mocedades, muy amiga de la reina María Angélica, por cierto.

De Egipto llegaron unos turistas para contar que los faraones seguían divinos. De Moscú vino una mujer muy afligida porque se le estaban volviendo polvo los huesos al general de bigotes que exhibían en el palacio de gobierno desde hacía cincuenta años. De Inglaterra vinieron algunos científicos que planeaban hacer una pequeña bella durmiente con la reina actual.

–Lo malo es que no es bella ni pequeña.

La reina María Angélica les explicó que podían reducirla con técnicas africanas pero que debían comenzar a adobarla en vida, y que luego podían estirarla para borrarle algunas arrugas.

–También pueden arreglarle la nariz y chamuscarle los bigotes.

Los científicos volvieron a su país encantados. Sólo esperaban que la reina estirara la pata. La reina de Inglaterra era un hueso duro de roer. Se murieron primero los científicos y la reina los hizo guardar en frascos de alcohol para los experimentos de los estudiantes, ya que las ranas estaban en vías de extinción.

A la afligida moscovita la reina María Angélica le aconsejó que cambiaran al general.

—Le peinan los bigotes, le cubren el pecho de medallas y nadie se dará cuenta. Un general es como otro general.

—Es un héroe de guerra.

—¿Fue a la guerra?

—No propiamente —respondió la moscovita—. La dirigió desde el palacio en Moscú.

—¿Su pecho está agujereado por las balas del combate?

—No propiamente. Las atajaron los cuerpos de los soldados antes de llegar a Moscú.

—Un general es como otro general.

—Le avisaré de los resultados, majestad.

—Esta vez tengan más cuidado —advirtió la reina—. Los generales son la delicia de los gusanos.

La reina María Angélica era feliz. Había firmado la paz con todos los países vecinos y el reino prosperaba. Hasta su matrimonio funcionaba de maravillas. Dormía bien y se mantenía bella. Su marido la adoraba. La adoraba y le temía.

—Si me muero primero, no vayas a exhibirme como a la bruja —dijo el marido.

—Según veo, necesitaremos una caja de cristal de dos metros de largo, uno de ancho y otro de alto. No te faltarán las rosas mientras yo viva.

—No estoy bromeando, querida.

—No te preocupes, querido, y cierra los ojos.

El marido se quedaba dormido con toda confianza y, mientras lo contemplaba, la reina imaginaba qué tal se vería junto a la pequeña bella durmiente. Las entradas, sin duda, se multiplicarían.

# Los tres cerditos

En cierta ocasión tres cerditos gordos, rosados y felices, salieron a recorrer el mundo. Se separaron donde el camino se dividía en tres, pero prometieron mantenerse pendientes el uno del otro.

El primer cerdito, por el camino izquierdo, se encontró con un campesino y le compró paja para hacer su casa. No demoró mucho y le quedó preciosa.

El segundo cerdito, por el camino central, se encontró con un leñador y le compró madera para hacer su casa. Demoró un poco más y le quedó preciosa.

El tercer cerdito, por el camino derecho, se encontró con un albañil y le compró ladrillos y cemento para hacer su casa. Demoró mucho más y le quedó preciosa.

El lobo hambriento vino de las montañas.

Se acercó a la casa de paja y dijo:

–Huele a cerdito tierno.

Tocó una vez.

–¿Quién es? –dijo el primer cerdito.

–Soy el doctor y traigo una pomada para el dolor de huesos.

–No me duele nada –dijo el cerdito.

–Abre de todas maneras –dijo el lobo–. Soy un gran soplador. Soplaré, soplaré y soplaré y tu casa derribaré.

–Si es así, espera un momento.

El cerdito espió por una rendija, luego abrió y dijo:

–Sigue, señor lobo.

Tan pronto el lobo entró, recibió un garrotazo en la cabeza y cayó al piso. Allí recibió otros cuantos. Con todo el

esqueleto adolorido el lobo se arrastró hasta la puerta y poco a poco se alejó.

–Menos mal que tengo pomada para el dolor de huesos –pensó el lobo.

Otro día el lobo se acercó a la casa de madera y dijo:

–Huele a cerdito tierno.

Tocó dos veces.

–¿Quién es? –dijo el segundo cerdito.

–El lechero y traigo leche fresca para fortalecer los huesos.

–No me gusta la leche –dijo el cerdito.

–Abre de todas maneras –dijo el lobo–. Soy un gran soplador. Soplaré, soplaré y soplaré y tu casa derribaré.

–Si es así, espera un momento.

El cerdito espió por una rendija para averiguar el tamaño del lobo. Había recibido una carta de advertencia del primer cerdito. Abrió y dijo:

–Sigue, señor lobo.

Tan pronto el lobo entró, recibió un garrotazo en la cabeza y cayó al piso. Allí recibió otros cuantos. Con todo el esqueleto adolorido el lobo se arrastró hasta la puerta y poco a poco se alejó.

Los tres cerditos

–Menos mal que tengo leche para fortalecer los huesos –pensó el lobo.

Otro día el lobo se acercó a la casa de ladrillo y dijo:

–Huele a cerdito tierno.

Tocó tres veces.

–¿Quién es? –dijo el tercer cerdito.

–Soy el panadero y traigo una torta de cumpleaños y vino.

–Aquí nadie está de cumpleaños –dijo el cerdito, que había recibido dos cartas de advertencia.

–Abre de todas maneras –dijo el lobo–. Soy un gran soplador. Soplaré, soplaré y soplaré y tu casa derribaré.

–Lo siento mucho, señor lobo, la puerta se atascó –dijo el cerdito, espiando por una rendija para calcular el hambre del lobo.

–Entraré por la ventana.

–No abre ni cierra –dijo el cerdito.

–Me dan ganas de entrar por la chimenea –dijo el lobo.

–Te volverás un asco –dijo el cerdito–. Pasa por mí mañana y vamos a recoger limones en Monteadentro.

—Con todo gusto —dijo el lobo—. ¿A las seis será muy temprano?

—A las seis me parece bien.

El lobo olvidó la torta y el vino junto a la puerta y se despidió con una venia. El cerdito guardó los presentes. «Tan querido el señor lobo», dijo. Madrugó a buscar los limones y regresó a casa. El lobo apareció a las seis en punto y preguntó al cerdito si estaba listo.

—Ya fui por los limones y preparé la limonada.

El lobo disimuló la rabia y propuso:

—Más allá de Monteadentro, donde llaman Lomalinda, vi unas naranjas exquisitas. ¿Qué te parece si vamos mañana?

—Con todo gusto, señor lobo —dijo el cerdito—. ¿A las tres de la tarde será muy tarde?

—A las tres me parece bien —dijo el lobo.

Al día siguiente, a las dos, el cerdito fue a buscar las naranjas. Estaba en el árbol cuando vio venir al lobo y se asustó mucho.

—¿Cómo están las naranjas? —dijo el lobo, relamiéndose.

—Deliciosas —dijo el cerdito.

Arrojó una naranja lo más lejos posible. El lobo fue a buscarla y se la comió de un bocado. El cerdito arrojó otra naranja aún más lejos. El lobo fue a buscarla y se la comió de un bocado. El cerdito arrojó otra muchísimo más lejos.

Mientras el lobo buscaba la naranja, el cerdito saltó del árbol y corrió a esconderse en su casa.

Al día siguiente, el lobo invitó al cerdito al mercado del pueblo.

—Con todo gusto, señor lobo. Estoy preparando una fiesta y necesito ir al pueblo.

—¿Una fiesta para mí? —preguntó el lobo.

—La fiesta será por ti —dijo el cerdito—. Pasa por mí a las tres.

Como el pueblo quedaba bastante lejos, el cerdito salió en bicicleta antes de las dos. Pedaleó con fuerza, siempre subiendo, y llegó todo cubierto de sudor y polvo. Saboreó un helado de chocolate y jugó al trompo con unos conocidos. El juego consistía en sacar del círculo dibujado en el polvo la mayor cantidad de monedas con el trompo en movimiento. El cerdito sabía bailar el trompo y ganó algunas monedas que le sirvieron para comprar más globos de la cuenta. Se probó un disfraz de gorila y decidió llevarlo puesto en vez de cargarlo en la caja. Amarró los globos y algunas cintas a la bicicleta y salió del pueblo.

El lobo apenas subía, con la lengua fuera, cuando vio una polvareda espantosa. Algunos globos estallaron. Asustado, el lobo se arrojó del camino y rodó por la montaña.

Más tarde, malherido y furioso, fue a la casa del cerdito y le contó que en el camino al pueblo se le apareció un monstruo con ruedas y pelotas que levantaba una polvareda de mil demonios y disparaba como un loco.

Muerto de la risa, el cerdito confesó que el monstruo era él, en bicicleta, dis-

Los tres cerditos

frazado de gorila, abrió la ventana y señaló el disfraz dormido en la silla.

–¿No decías que esta ventana no abría ni cerraba?

–Tres gotas de aceite hicieron el milagro –dijo el cerdito.

El lobo, hambriento, humillado, malherido y furioso, quiso atraparlo, y el cerdito le cerró la ventana en las narices. El lobo sopló la ventana, sopló la puerta, y casi lo mata un ataque de tos. Subió al tejado.

–Sigue, señor lobo –gritó el cerdito, que había preparado agua caliente en una olla de batallón–. La chimenea está abierta y más limpia que un espejo.

El lobo se sentía débil, le dolía todo el esqueleto y la cabeza le pesaba como una piedra. Resbaló por la chimenea, cayó a la olla y se quemó el rabo.

El lobo gritaba de dolor. Brincaba y se soplaba. Soplaba y soplaba, como buen soplador que era. Subió como un cohete por la chimenea, se alejó corriendo y nunca más regresó.

El cerdito reunió a sus amigos, les agradeció las cartas y, aunque ninguno estaba de cumpleaños, comieron torta y bebieron vino. Bailaron hasta encima de la mesa y reventaron globos.

El gorila hizo piruetas: sopló, tocó, caminó como el lobo y reventó los últimos globos. Hizo reír a todos. Bebió y bailó hasta el cansancio. Luego se quedó dormido en una silla.

# El sapito que comía princesas

Antes del beso del hechizo, fue el niño más hermoso del mundo. Toda la vida hablaron de su belleza principesca. Pero después del beso, fulminante e inesperado, como sapo fue un sapo cualquiera.

Nunca se identificó al culpable. Se dijo que el pequeño príncipe salió a jugar al jardín el primer lunes de noviembre y alguien lo desapareció con un beso. Alguien, una bruja rencorosa y despechada, una mala mujer, una maestra de escuela, quién sabe. Hablaron de una nube oscura, un viento raro, un perfume que les hizo cerrar los ojos. En todo caso, sólo encontraron un sapo que derramaba lágrimas en la fuente del jardín. Espantaron al sapo y lloraron al príncipe.

El sapo esperó durante mucho tiempo que una princesa extraviara su pelota de oro en el bosque. Le preguntaría al verla llorar:

—¿Qué me darás si encuentro tu pelota?

—Lo que quieras —diría la princesa—. Mis vestidos, mis perlas, mi corona.

—Quiero que tú me quieras, que juegues conmigo y me permitas sentarme a tu lado en la mesa —diría el sapo—. Comeré en tu plato, beberé de tu vaso y dormiré en tu cama. Si me lo prometes, encontraré tu pelota de oro.

La princesa diría que sí, y él encontraría la pelota y sería feliz con la princesa. En el momento menos pensado recibiría el beso mágico y sería príncipe otra vez, hermoso y feliz para siempre.

El sapito que comía princesas

El sapo esperó a la princesa, esperó y esperó, y nada sucedió. Entonces decidió buscarla. Se dedicó a perseguir la belleza hasta el delirio, como una noche que persigue al día.

El sapo comía flores, escribía poemas y perseguía a las princesas en la más despiadada búsqueda del beso que lo despertara del hechizo. Se les atravesaba en los caminos entre el castillo y el pueblo, se descolgaba de los árboles y casi siempre quedaba aplastado sobre el polvo, muerto de sed, muerto de deseo. Les brincaba a la cama desde las ventanas, se les metía a la fuente donde se bañaban, y ninguna le daba la caridad de un beso. Se les aparecía hasta en la sopa y las princesas gritaban muertas de horror: «Mami, un sapo en la sopa». Mami era la reina y, como tal, de una sabiduría legendaria. «Será un príncipe», decía, «no te olvides de besarlo porque tú sabes la escasez que tenemos». La princesa replicaba que sapos había por todas partes.

–No seas bruta, niña princesa –contestaba la reina mami–. Me refiero a los príncipes encantados que un beso de princesa puede desencantar.

La princesa se reía hasta las lágrimas.

–Mami todavía cree en cuentos de hadas.

La reina mami se ofendía: «No dudes de nuestra historia patria». Con un gesto de desprecio, como quien dice *qué juventud tan perdida*, se iba a remendar las medias del rey.

El sapo se alejaba avergonzado, regando sopa.

Le resultaba intolerable tanto sufrimiento y se volvió un sapo amargado. Él, que lo daba todo por un beso, no provocaba una sonrisa, una frase de amor, un suspiro. Decidió que si ninguna princesa le daba un beso, él se lo daría a una cualquiera.

El domingo se alistó en Boca de Chicle, la parte más estrecha del bosque, y como aperitivo se tragó una mariposa. Pronto apareció en el camino la princesa que tantas veces lo había despreciado, Carlota Rabochiquito, hija de Enrique Rabochiquito y Melindrosa VII. El sapo la vio venir con su caminadito de pata y esta vez no le pidió un beso desde un charco de lágrimas o después de un tratado de filosofía. Saltó con tanta determinación que se le fue la mano: se tragó a la princesa. Qué horror, se la comió toda en pleno corazón del bosque, y le gustó. La tal Carlota Rabochiquito era de una familia rica.

–Después de comerte, princesa, ya no eres Rabochiquito sino Barrigagrande –dijo el sapo, sobándose la panza–. Eres más rica que las mariposas.

Se acercó a la laguna a dormir la siesta. Soñó con banquetes y salones de baile repletos de apetitosas princesas. Soñó que tragaba toda clase de flores y la barriga se le llenaba de versos de colores que se le escapaban por la boca, transformados en mariposas que revoloteaban por el castillo hasta que las muchachas las atrapaban para lucirlas en los cabellos. Soñó que era *El rey de la mermelada*. Todavía se sentía pesado al despertar: la princesa estaba algo pasadita de kilos. El sapo improvisó unos versos y durmió otro poco. Se dijo que, por un estado de felicidad como el que ahora disfrutaba, valía la pena tanta espera.

Se volvió peligroso: no había princesa que se le escapara. Se volvió audaz. Se les aparecía hasta en el espejo, en el aroma de una rosa, en el viento del abanico, y adiós, princesa. No perdonaba una. Se volvió peligroso y famoso. En todas las esquinas, en los árboles más gordos, en las señales de los caminos, apareció su espantosa fotografía junto al letrero de advertencia: *Atención, sapo en el vecindario*. En la escuela se les enseñó a los niños a reconocer los ruidos y los pasos del sapo, sus virtudes y sus puntos débiles. Cartillas gratuitas exponían a la vergüenza pública su biografía. Dibujantes y caricaturistas se regodearon con su imagen en revistas y periódicos. Se hizo más famoso que el rey.

Las recompensas por su captura eran muchas, desde un puesto en la corte hasta una finca con castillo. En los periódicos y la televisión se especificaba que la recompensa variaba según se capturara al sapo vivo o muerto. Si vivo, un viaje a Disneyworld y un puesto de lavaplatos en la corte. Si muerto, entradas de por vida al Museo de Historia Natural, cosméticos por un año, cien pares de zapatos, una pelota de ping pong firmada por el rey y un castillo con cien vacas. Daban ganas de matar al sapo.

En los periódicos y la televisión el sapo se veía cada vez más gordo y menos triste, menos amargado, y con toda razón. Después de Carlota Rabochiquito, según los chismes del reino, siguieron otros exquisitos bocados: Flor de Albahaca, Vilma Palma, Lucila Duque, Lilí Vera, Adriana Sánchez, María Trapitos, Luz de Luna y otras tantas. Tantas, que no se sabía con exactitud qué tan princesas serían.

Con cada bocado el sapo se acercaba al cielo de la dicha. Arrebatado por la inspiración, escribió más poemas que nunca y publicó algunos bajo el seudónimo de Pablo Neruda. Estaba gordo y torpe, y tanto peso en la barriga le impedía saltar con la gracia de antes. La elegancia de su figura se perdió, qué se podía hacer, todo tiene su precio en esta vida. Pero aun así nadie pudo atraparlo.

El rey, sin otra salida, jugó su carta mayor, el más amado de sus tesoros, su hija Flordemivida, de apenas quince años, blanca como la harina y suave como la mantequilla. Por televisión, con voz entrecortada, el rey ofreció no sólo la mano de su hija sino ciento veinte vacas rebosantes de leche, los diecisiete hijos de la gata Leonora y tres perros finos al valiente que atrapara al bandido vivo o muerto. No ofreció el reino ni la mitad de su reino porque consideró que el pueblo rechazaría tal sacrificio. En el mismo programa, toda vestida de azul y con una cola de caballo atada por una mariposa de vidrio, sin maquillaje pero con los párpados oscurecidos por el insomnio, la bella y dulce princesa

aceptó el trato para salvar el reino: pronto no quedarían princesas ni muchachas en el reino, ni mujeres, viejas o niñas, y los hombres se morirían de aburrimiento, si el sapo no le daba por comérselos también. ¿Qué haría el rey en un reino sin nadie? La princesa soñó que el rey perseguía al sapo para que se lo comiera y así, sin castillo y todo apretado, comenzaba a gobernar dentro de la barriga.

La princesa Flordemivida vivía en la torre más alta del castillo, rodeada de cien guardias armados y otros cien desarmados. Los desarmados eran los suspiradores: querían casarse con Flordemivida y habían venido de reinos vecinos y lejanos para desvivirse en suspiros alrededor de la torre. La princesa Flordemivida se entretenía en la cuenta de los suspiros. Había días de trece millones quinientos veintidós mil trescientos cuatro suspiros, días de veinte millones o miserables días de sólo trescientos mil suspiros. Estos últimos casi siempre eran viernes porque los suspiradores se iban a parrandear con las mujeres de los alrededores y por una vez olvidaban el sentido de su existencia.

Casi no pensaban en el sapo.

El sapo era feliz: se le acabaron los deseos. Estaba hecho un degenerado: se comía lo que se le atravesaba. No se comió sus patas porque las necesitaba para brincar, si esas musarañas se consideraban brincos. Pero desde que apareció la foto de la recompensa, Flordemivida de cuerpo entero, junto a la suya, el sapo no pensó en nadie más que la dulcísima princesa. *She is a thing of beauty*, pensó en inglés, porque le había dado por la onda de los idiomas. Sabía poemas en francés, adivinanzas en ruso y trabalenguas en swahili. Era una maravilla para la lengua, como tantos poetas. Pero no tenía a quién deslumbrar con su maravilla. Todo el mundo lo odiaba y le temía, y con el cargamento de bocados no podía entenderse, pues las mujeres estaban allá dentro en tal desorden, en una sola y perpetua pelotera, y era como si no existieran. De pronto aceptó que lo único que quería en esta vida era a Flordemivida frente a frente para soltarle con voz apasionada un poema en francés. De tanto verla al lado suyo, el sapo se enamoró.

Durante nueve lunas buscó con ansia el castillo de la pasión. Lo descubrió desde la cima de una montaña y, como una pelota de amor, rodó hasta la torre más alta.

Doscientos hombres roncaban. Era sábado por la mañana y se recuperaban de la soberana parranda de la noche anterior, descuidados e irresponsables, convencidos de que el bandido no se acercaría al único bocado que jamás sería suyo.

Al mediodía, el sapo estaba en la ventana de la princesa, que se había quedado dormida junto a la luna. El sapo pudo ascender por su pelo derramado. La besó en la nariz, en las pestañas, en la oreja, hasta que ella despertó con cierta delicia entre la boca.

—Entonces eres tú —dijo la princesa, entre el sueño y la mañana.

El sapo le soltó el poema en francés y la princesa se rió porque era el mismo poema con que la persiguió un griego cuando estudiaba en La Sorbona.

—Estudiaste en París —dijo el sapo con asombro.

—Y en Roma y en Barcelona.

—Y yo que creí que podía enseñarte el mundo —dijo el sapo—. Conozco casi todas las lagunas del reino. Me dijeron que nunca jamás habías salido de esta celda y venía a liberarte.

—Ah, se dicen tantas cosas por ahí.

—Me dijeron que ni siquiera la luz te había tocado.

—Dicen que eres *El rey de la mermelada*. ¿Las mujeres te caen como moscas?

El sapo le habló de las lagunas y la princesa le habló del mundo. Le habló de la nieve en Nueva York, del sol en Casablanca, de la lluvia en una callecita de Praga, del viento perfumado de manzana en Málaga, de una casa de ardillas en Santuario, de una señora que vendía guantes blancos junto a una iglesia que parecía de mantequilla.

El sapo no se contuvo más y le dijo a los ojos:

–*Que coisa mais linda*.

–*Je suis triste* –dijo la princesa.

–¿Por qué estás triste?

–Por ti –dijo la princesa–. Tu apetito acabará con el mundo y vas a estar más solo que nadie.

–Siempre he estado solo –dijo el sapo.

Las lágrimas brotaron a chorros y la celda se volvió una laguna en tres minutos. La princesa se quitó los zapatos y, cuando las lágrimas alcanzaban el borde del vestido, saltó a una silla. Uno de los hombres, al ver el chorro que salía por la ventana, creyó que estaba lloviendo adentro y volvió a dormir.

–Nunca he estado peor –dijo el sapo–. Quiero estar contigo.

–Depende de ti: no puedo estar contigo y todas esas mujeres.

–Me saliste imposible –protestó el sapo y selló la canilla de las lágrimas–. No sólo no te doy estas mujeres sino tendré otras. Si no como, me muero, Flordemivida.

El sapo añadió unas cuantas frases en inglés y otras en francés y la princesa dijo:

—Estamos hechos un bulto de lenguas, hablemos una sola.

—La lengua del amor —suspiró el sapo.

—Ya empezaste con la suspiradera —dijo la princesa—. Tengo una montonera de hombres suspirando día y noche de lunes a domingo, y ahora tú.

Llegarían a un acuerdo si el sapo dejaba la suspiradera porque con toda franqueza la princesa vivía harta. No dio un paso atrás: si quería volver a verla debería alcanzar el sacrificio. El sapo, en el fondo del enamoramiento, se esforzó hasta casi reventar y le entregó a la princesa una pobre vieja de casi doscientos años que preguntó si habían visto a su tataratataranieta que salió un domingo de Guadalajara con un caballero de bigotes negros.

—¿Y todos esos hombres? —dijo el sapo, espiando por la ventana.

–A ninguno se le ocurrió buscarte para arrancarte el pellejo, en vez de reventarse suspirando. No valen la pena. Ellos saben que no tienen esperanzas. Poco a poco harán vida con las vecinas y me olvidarán. No te preocupes.

–Me matarán.

La princesa dijo que, aunque los caballeros no matarían una mosca, le podría dar una nueva apariencia, no precisamente la que él deseaba, y le dio un beso que lo volvió invisible.

–Ven cuando quieras: tendrás un beso.

El sapo volvió por el beso tantas veces que nadie lo volvió a ver, hasta que se le acabaron las mujeres, las muchachas, las otras princesas, Luz de Luna, María Trapitos, Adriana Sánchez, Lilí Vera, Lucila Duque, Vilma Palma, Flor de Albahaca y, por último, Carlota Rabochiquito, la más gordita, hija de Enrique Rabochiquito y Melindrosa VII, quienes celebraron el regreso de todas las que habitaron la barriga del sapo tragón con la más grande e inolvidable fiesta.

Las fotografías se destiñeron en las esquinas, ya casi no se hablaba del sapo. Los hombres se cansaron de suspirar alrededor de la torre y se fueron uno tras otro.

Más allá del peligro, la princesa Flordemivida consideró que podía abandonar la torre y luego el castillo y luego la región. Se fue a vivir al sur del reino, lejos, en un castillo encantado. Sonreía sola y repartía besos para nadie. Una loca feliz que sin duda el rey no quería a su lado, una de esas que no sirven para nada en este mundo.

# El señor de la barba azul

ue feliz hasta que cambió de voz y una barba azul oscureció su rostro. Las muchachas le huían y la gente lo consideraba peligroso. No tuvo más remedio que alistarse para la guerra. Allí estuvo tan ocupado, llevando y trayendo las cartas personales del general, que olvidó afeitarse. El general lo confundió con un enemigo camuflado y estuvo a punto de enviarlo al paredón de fusilamiento. El muchacho le habló de su novia y la madre de la novia con pelos y señales. No mencionó la madre del general porque el general no tenía madre.

–Mejor te vas a casa –dijo el general, mordiéndose el bigote–. No quiero volver a confundirte.

–No tengo casa, mi general. Según me dicen, la guerra acabó con mi familia: mamá, mi hermana María y el gato Bob. Una bala de cañón borró la casa.

–¿También el gato? Lamentable accidente, soldado. Debemos pelear duro para acabar con esta guerra.

–Sí, mi general.

–A la salida pide una medalla por los servicios prestados a la patria y no vuelvas.

Con la medalla colgada al cuello, el muchacho mendigó por los caminos hasta que le dolieron los pies.

–¿No tienes familia?

–No, por accidente.

–Ya eres un hombre. ¿Por qué no tienes trabajo?

–Vengo de la guerra.

–Pues no te falta ningún brazo, ninguna pierna, ningún ojo. ¿Quién va a creerte ese cuento?

–Era el correo del general.

–Pídele al general que te dé de comer.

–Me dio esta medalla.

–¿No te la robaste? Qué importa, no se puede comer. Además, hombre, ¿por qué te disfrazas con esa barba que espanta a los niños?

Se apartó del camino porque vio venir el carruaje real y los cuarenta caballeros del rey. A través del polvo pudo ver no sólo el sudor de los caballos sino el rostro cansado y viejo del rey y, a su lado, la princesa Floralba, como un vaso de agua. Le pareció que la princesa lo miraba durante tres largos segundos. Contempló la mano que recogía los cabellos en una cola de caballo y el lunar detrás de la oreja. Nunca olvidaría la palidez de sus dedos ni el resplandor de sus anillos mientras trataba de atajar un grito de asombro.

–Se asustó como una niña –dijo el muchacho–. El lunar es una delicia.

Se afeitó detrás de un árbol y volvió al camino. Arrancó la naranja más dulce de una rama repleta y la peló. Una vieja trataba de sacar un cerdo del barro. Tiraba de la cuerda con todas sus fuerzas pero el animal se mantenía inmóvil y feliz. El muchacho depositó la naranja sobre una piedra y se acercó. Agotada, la mujer se hizo a un lado y se aireó con el sombrero. El muchacho agarró la cuerda y tiró. La cuerda resbaló de sus manos y cayó sentado en el barro. La mujer soltó la risa. Trataron de sacar entre ambos al cerdo. La mujer no era de gran ayuda porque seguía riéndose del trasero embarrado del muchacho.

–Ven a mi casa a bañarte –dijo–. Este pozo no te servirá porque el cerdo lo revolvió todo. Tienes cara de venir de lejos.

–¿Y el cerdo?

–Después vengo por él –dijo la mujer.

No fue necesario porque el cerdo los siguió como un perrito, pues ya había gozado suficiente del barro. Compartieron la naranja y llegaron a una casa de puerta y ventanas rojas, resguardada por árboles altos, frescos, que parecían bailar con el viento. La mujer le ofreció al muchacho comida y posada. Le destinó el cuarto que había sido de su hijo.

–Se lo llevaron a la guerra y allí lo perdí –explicó–. Estaba aprendiendo a tocar la flauta. Decía que si lo reclutaban tocaría para que todos se pusieran a bailar en vez de pelear. Qué loco. De todos modos, cuando llegó la desgracia, no tuvo tiempo de venir por la flauta. Ay, muchacho, mi hijo tenía tus ojos y esa manera de mordisquearse el labio. A esta hora estaría de nuevo en casa. Supongo que ya oíste las últimas noticias. La guerra se acabó. Ya no se acordaban por qué estaban peleando. Pero los muertos no se olvidan. Los generales de uno y otro lado de la guerra ordenan levantar un monumento a su memoria y se van a casa antes de que se les enfríe la sopa. Pero una madre no se consuela con un monumento. ¿Quieres la flauta?

El muchacho enterró la medalla en el patio. Decidió afeitarse todos los días para mantener el secreto y los favores de la mujer. Aprendió a ordeñar, repartió el maíz a las gallinas, cultivó la huerta y remendó el techo de la casa. En fin, se ganaba el pan de cada día, y la mujer se sentía feliz.

–Conozco el secreto –dijo la mujer–. Mi difunto marido tenía los ojos de diferente color. Sufrió mucho por eso antes de conocerme. Déjate la barba. Te la quitas cuando vayas al pueblo.

El muchacho se dejó la barba y a la mujer le pareció graciosa.

–¿Por qué no te metes a un circo? –sugirió la mujer–. Nunca he visto un payaso con barba azul.

–Los payasos no tienen barba.

–Cierto. Te verías muy raro como payaso. Sigue haciendo los oficios. De todos modos, me haces reír.

–Eres la única.

El muchacho aprendió a tocar la flauta y le enseñó a bailar al cerdo. La mujer se moría de risa.

Entonces se supo que la princesa Floralba se casaría con quien la hiciera reír. Uno de los cuarenta caballeros del rey tocó a la puerta y dejó la noticia en tinta verde.

–Voy a presentarme –dijo el muchacho–. No me gustan los solterones.

–No te arriesgues. Si no la haces reír, ordenará que te corten la cabeza.

–Me arriesgaré. Si no la hace reír mi barba, lo intentaré con la flauta.

–Que el cerdo te acompañe.

Con la bendición de la mujer y el rostro cubierto por un pañuelo, el muchacho abandonó la casa. El cerdo que se revolcaba en todos los charcos, lo seguía como un perrito. Tres días después llegaron al castillo y se ubicaron al final de la cola de los pretendientes. La mayoría eran payasos. La princesa se sabía todos los chistes y todas las bromas. Tres días después sólo quedaban tres pretendientes. Uno de ellos arrojó humo por las orejas y la princesa ordenó que le echaran baldes de agua. Lo despachó tosiendo, algo furiosa. Otro se metió por una oreja de su yegua y salió por la otra. La princesa, intrigada, pidió explicaciones y el pretendiente se enredó tanto que a la princesa le dolió la cabeza.

—Jamás me harás reír. Puedes conservar la cabeza y la yegua. Que pase el siguiente.

El muchacho se presentó asustado. Había decidido volver a la casa de ventanas rojas cuando los guardias lo empujaron hasta el salón de los espejos. No tuvo otro remedio. Se arrancó el pañuelo. La princesa atajó el grito de asombro con la palidez de sus dedos y el resplandor de sus anillos. El muchacho, que estimaba su cabeza más que nada en el mundo, se puso la mano en el corazón, como para detener su galope, ante la barba azul multiplicada por los espejos. Hizo una venia y comenzó a tocar la flauta. La dulzura invadió el rostro de la princesa y luego una sonrisa resbaló con la gracia de una gota de agua por un pétalo. El cerdo bailó primero como una muchachita en el vals de sus quince años y luego como una loca en discoteca. La princesa se rió con ganas. Todos rieron al oír su risa.

—Me casaré contigo si resuelves una sola pregunta —dijo la princesa—. ¿Dónde tengo el lunar?

—Detrás de la oreja.

—Me casaré contigo —dijo la princesa—. Ahora que vas a ser mi señor, toma las llaves del castillo.

El muchacho atrapó en el aire el manojo de llaves de oro y besó la mano de la princesa.

—Nunca pensé que sería tan fácil —dijo.

—No lo digas todavía —dijo la princesa.

El rey, medio dormido, hizo un lánguido gesto de aprobación y se retiró a descansar al fondo del palacio.

Después del alboroto de la boda, la reina dijo:

—Ahora que eres el rey, resuelve los problemas del reino.

—Veré qué puedo hacer.

—Lo harás bien, mi señor. Tenemos el problema del lobo que se tragó a una niña y a su abuela.

—Es más fácil que ordeñar la vaca. Que le abran la barriga, se la llenen de piedras y lo envíen a otra historia.

—Se hará como tú digas, mi señor de la barba azul. ¿Y con esta mujer que no quiere quitarse la pestilente piel de asno?

—Tal vez sería bueno enseñarle modistería.

—¿Y con el gigante que acusa a Pulgarcito de robarle sus botas de siete leguas?

—¿No es Pulgarcito nuestro cartero?

—Así es, mi señor.

—Pues Pulgarcito presta valiosos servicios a la patria y, si se trata de sus botas, asunto que todavía debe probarse, el gigante debería mostrarse orgulloso y agradecido. Que le den una medalla y lo devuelvan a su casa.

La barba azul se puso de moda. Todos los caballeros del reino se la pintaban porque consideraban que así se volvían interesantes.

—Es una moda, ya pasará —decían las mujeres.

La reina Floralba reveló el secreto al oído del rey:

—Desde niña soñaba con un hombre azul. Al verte, creí que te habías escapado de mis sueños por una oreja. Me hubiera reído aunque no tocaras la flauta.

—¿Me viste ese día en el camino?

—Creí que eras un fantasma, mi señor. ¿Ese día me descubriste el lunar?

—¿Me lo enseñaste a propósito?

—Ya había recogido mis cabellos cuando te vi. Me asusté mucho. Después no hice más que reírme. Parecía boba. Me reí todo el día y toda la noche y me dolió el estómago. Me sentí llena de vida, como ahora. Sabía que vendrías al castillo.

Fueron felices por un tiempo, hasta que la reina Floralba dijo que la barba azul no le parecía tan graciosa y le propuso que dejara de teñírsela. Había soñado con un hombre de barba azul que secuestraba mujeres y las encerraba en un cuarto de por vida.

—No me la tiño, mi barba es así.

# El señor de la barba azul

La reina se desmayó del susto.

Al despertar, le informaron que el señor de la barba azul había abandonado el palacio con destino desconocido. "No aceptó guardias ni carruaje ni caballo; sólo se llevó al cerdo", le dijeron. La reina encontró las llaves del castillo en la mesita de noche y las bañó con sus lágrimas. No había ninguna carta debajo de la almohada. La luna, asomada a la ventana, le pareció un charco de lágrimas.

Los hombres se destiñeron la barba de inmediato.

El señor de la barba azul volvió a la casa de ventanas rojas y la mujer lo recibió con un abrazo. Lo llevó al patio y le enseñó el árbol de medallas que había crecido durante su ausencia. El viento hacía una música deliciosa. Los niños venían con frecuencia por una o dos medallas.

–El otro día apareció en la puerta un gigante con una medalla colgada del pescuezo. Me propuso que se la cambiara por la vaca. Le dije que las medallas se me pudrían en el patio. Creyó que mentía y lo invité a verlas con sus propios ojos. Cayó de rodillas y se puso a llorar. Pobre hombre. Le habían robado las botas.

–¿Viste un lobo lleno de piedras?

–Iba llorando porque le dolían las costuras.

–¿Y una mujer con piel de asno?

–No parecía feliz. Me propuso matar la vaca para hacerme un vestido. Le di un vaso de leche y me lo agradeció con un par de lágrimas.

–Tengo unas lágrimas pendientes. Perdí a la reina.

–Oí las noticias –dijo la mujer–. Pero no perdiste la cabeza. Alégrate.

El señor de la barba azul trató de sentirse feliz. Hizo todos los oficios con la eficiencia de antes, hizo otros, hasta barrió las medallas secas que caían del árbol y entretuvo al cerdo con la música de la flauta, pero nada pudo hacer con el hueco de su corazón.

La vieja se reía todas las mañanas.

–¿Todavía te ríes de mi barba?

–Me da risa que el rey ordeñe mi vaca. ¿Cuándo se había visto tal espectáculo?

–Así es la vida. Un día soy el soldado favorito del general, otro día quiere enviarme al paredón. Un día me desprecian todas las mujeres y otro día me caso con la más hermosa.

–Así es la vida. Mírame. Un día soy la bella Pascuala Ibáñez, rodeada de pretendientes, y otro día soy doña Pascuala, vieja, sola y fea. Un día eres el esposo de la reina y otro día ordeñas mi vaca.

–Extraño a la reina.

–La reina también te extraña.

–¿Será que sí?

–Eres el único que pudo hacerla reír.

La vieja fue a escondidas al palacio y habló con la reina.

Una semana después el señor de la barba azul estaba pintando de azul las ventanas, trepado en la escalera, cuando vio una polvareda en el camino y reconoció los cuarenta caballeros y el carruaje real. Siguió pintando como si nada. La reina Floralba se acercó. Con una barriga reciente y feliz, era el mismo vaso de agua, la misma flor recién cortada.

–Qué barba tan graciosa tienes, señor, y qué lindas ventanas. Con esa gracia podrías embellecer las cien ventanas del palacio.

–¿No será que tienes problemas? Conozco ese gesto de preocupación. Ya aprendí que los problemas no se pueden resolver a la ligera.

–Siete enanos quieren casarse con una tal Blancanieves.

–Qué problema. Es más difícil que ordeñar la vaca.

–Un gato loco se robó unas botas y cree que su amo, hijo de un molinero, es el marqués de Carabás.

–Veo que estás en problemas, mi reina.

–Otro loco pide permiso para probarle una zapatilla de cristal a todas las mujeres del reino.

–De verdad estás en problemas.

–Otra se está muriendo de amor por un rey de barba azul que sabe pintar ventanas.

—Veré qué puedo hacer.

—Lo harás bien, mi señor. Olvidaste un juego de llaves en mi mesa de noche.

El señor de la barba azul atrapó en el aire las llaves. Perdió el equilibrio y se cayó de la escalera. La pintura se derramó sobre su cabeza y la reina se rió. Los cuarenta caballeros lo hicieron después.

—Hice bien en casarme contigo, mi querido hombre azul —dijo la reina—. Quiero decirte que le perdí el miedo a los sueños. Volvamos de prisa. Tienes un hijo de sangre azul en camino y un general quiere declarar la guerra.

—Al general le cortaremos la cabeza y lo enterraremos con muchísimas medallas.

—¿Y tu hijo?

—Le ofreceremos la risa.

En el palacio supieron que el general había declarado la guerra. El señor de la barba azul corrió al campo de batalla, donde los soldados de uno y otro lado peleaban con pavor, y comenzó a tocar la flauta. La música les hirió el corazón. Vieron bailar al cerdo y soltaron la risa. La risa desatada recorrió el campo de batalla con el entusiasmo de una loca de atar. El general que había declarado la guerra se hundió en la tierra y de sus huesos brotó un árbol de medallas. Los soldados de uno y otro lado bailaron entre las medallas que arrastraba el viento, luego saltaron la línea del odio, se abrazaron y siguieron bailando. Más tarde regresaron a casa, felices, con todos sus brazos, con todas sus piernas, con todos sus ojos, y recibieron cartas de las mujeres del país que ya no era enemigo, cartas de dicha y regocijo, cartas de mujeres que hablaban de sus hombres con todos sus brazos, con todas sus piernas, con todos sus ojos y con el corazón intacto y lleno de amor.

# La princesa y las pulgas

abía una vez un príncipe que quería casarse con una verdadera princesa de sangre azul, muy difícil de encontrar en estos tiempos, mucho más difícil de lo que se pensaba.

Las princesas abundaban, pero no era sencillo averiguar la pureza de su sangre. Los padres del príncipe, viejos y expertos, viejos y mañosos, siempre descubrían algún grado de impureza, alguna cascarita de deshonra. Además, hasta el momento, ninguna había sobrevivido a las pruebas. Se alejaban espantadas, rascándose el pellejo.

Una noche de lluvia, con las zapatillas en la mano, una princesa se acercó al castillo y tocó con un tacón. Tronaba y los relámpagos iluminaban el cielo. La princesa tocó hasta casi quebrar el tacón.

El viejo rey, en pantuflas y gorrito de dormir, abrió. Bostezando y restregándose los ojos, explicó que el portero había solicitado vacaciones.

–Sigue, por favor, preciosa –dijo.

Toda empapada, con la lluvia chorreando por los cabellos y el vestido, y las plumas y las cintas del sombrero destrozadas, daba lástima. Pero aun así el rey reconoció de inmediato la imponencia de la princesa. Parecía una fuente pero era una princesa.

–Soy la princesa Corocora –dijo– y vine por el aviso del periódico.

–Has llegado al sitio indicado –dijo el rey.

Deslumbrado por la belleza de sus pies de princesa, le suplicó que se calzara y le deseó buena suerte en las pruebas. Todos sus huesos crujieron. Quiso que la vida volviera a empezar.

La vieja reina descendía la escalera.

–Pronto sabremos qué tan princesa eres –dijo, examinando con una lupa los desleídos certificados de sangre azul que la princesa había sacado del sombrero–. Los papeles están en regla pero, de todas maneras, los secretarios los revisarán mañana con más cuidado. Somos más cautelosos que al principio. Hemos conocido más de trescientas locas y otras tantas melindrosas. Alguna vez organizamos un concurso por televisión y se presentaron hasta las cocineras. Hace más de quince años que esperamos una princesa para nuestro Fernando VII.

–¿Fernando VII? –preguntó la princesa Corocora, asombrada.

–Tuvimos seis Fernandos antes, pero ya se casaron –dijo la reina–. Este Fernando es muy especial.

–Ahora que nuestra estadía en la tierra se abrevia, queremos dejarlo en manos muy especiales –añadió el rey.

Le ofrecieron una copa de vino y, satisfechos, vieron descender el chorro por su garganta. En el fondo de su corazón, el rey quiso que la princesa Corocora sobreviviera a las tres pruebas en el castillo, sólo para volver a contemplar el espectáculo, el milagro de su belleza, la suave caída de sus párpados, sus movimientos de gacela en el aire.

La reina pidió permiso y se dirigió al dormitorio destinado a la princesa. Puso veinte colchones, sábanas y una docena de almohadas sobre una cama de bronce.

La princesa se quitó la ropa mojada y pasó allí la noche.

Por la mañana le preguntaron cómo había dormido.

–Fue terrible –dijo la princesa y estornudó tres veces–. No he pegado el ojo. Tengo el cuerpo desbaratado. Me pasé la noche matando pulgas. Majestades, fue terrible pero acabé con todas. Necesito el jugo de tres limones para acabar con esta gripa.

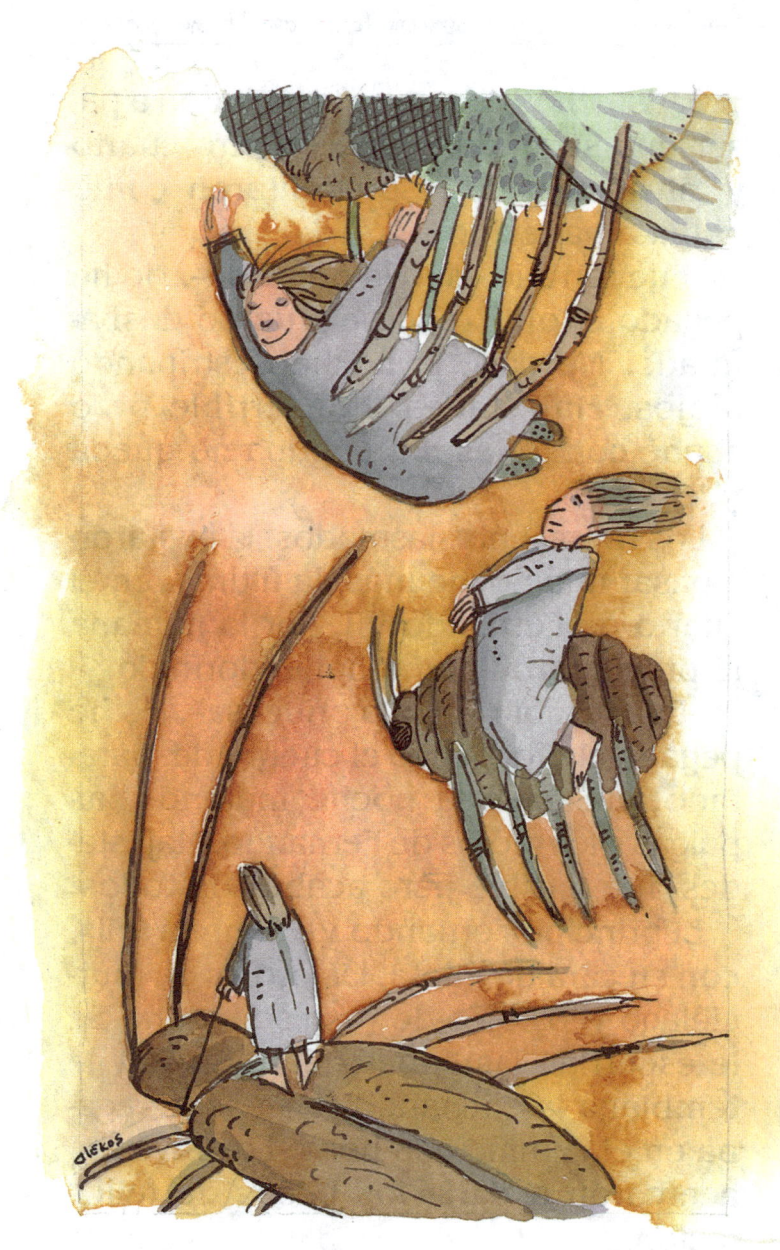

Satisfechos, los reyes la invitaron a pasar una segunda noche en otro cuarto y, al desayuno, le preguntaron cómo había amanecido.

–Fue terrible –dijo la princesa–. No he pegado el ojo. Tengo el cuerpo desbaratado. Me pasé la noche destripando piojos. Majestades, fue terrible pero acabé con todos. De la gripa no queda ni el rastro.

Los reyes, entusiasmados, la invitaron a pasar una noche más, la última, en el cuarto de Fernando VII. Por la mañana le preguntaron cómo había dormido.

–Fue terrible –dijo la princesa–. No he pegado el ojo. Tengo el cuerpo desbaratado. Me pasé la noche matando las pulgas y los piojos de Fernando. Majestades, fue terrible pero acabé con todos.

El príncipe Fernando VII sonreía feliz, con su cara de idiota, las orejas de murciélago y los ojos de vaca soñadora. Se le escurrían las babas del regocijo y le temblaba la cuchara. El pan se le regaba en el camino a la boca. Los reyes se acercaron a darle los besos de felicitación.

La princesa y las pulgas

Todos se convencieron de que Corocora era una verdadera princesa de sangre azul, porque sólo una verdadera princesa de sangre azul podía ser tan hábil con las pulgas y los piojos.

Muerta de sueño, la princesa Corocora se casó con el príncipe Fernando VII y durmió tres días y tres noches.

–Lo que una tiene que hacer por un aviso del periódico –dijo la princesa Corocora al despertar.

Pidió castillo aparte, y el príncipe, enamorado, abandonó a sus padres, que se mostraron afligidos pero resignados. La princesa de inmediato vendió los gatos y los perros. El príncipe, enamorado hasta los huesos, durmió con ellos por última vez y derramó algunas lágrimas en la despedida.

–Ahora sólo dormiré con Corocora –dijo.

La princesa hizo pelar el coco del príncipe y toda la servidumbre. El príncipe sonreía sin abandonar la cara de idiota. La princesa le arrancó los pelos que se le asomaban por las orejas, las ventanas de la nariz y los sobacos. El príncipe brincaba de alegría. Los reyes vinieron de visita el domingo y, al verlo tan feliz, con sus orejas de murciélago más coloradas y puntiagudas que nunca, le tomaron una foto, que se publicó en todos los periódicos. Más de uno se hizo pelar el coco.

La princesa Corocora ordenó fumigar día por medio todo el castillo, hasta acabar con las pulgas y los piojos, las cucarachas y las moscas.

Después de eso, la princesa Corocora tuvo un poco de paz y algo de felicidad.

Este sí que es un verdadero cuento.

# El secreto de la princesa

El aviso del periódico decía que la princesa se casaría con quien le diera el mejor beso. Sin duda, alguien que sabía besar sabría gobernar el reino. Muchos acudieron al palacio y esperaron durante días y noches. Los periódicos dedicaban la primera página a la lotería del beso. Los pretendientes, cada vez más numerosos, dormían de pie para no perder el puesto, avanzaban sin darse cuenta, empujados por los de atrás, hasta que el secretario del palacio les tocaba el hombro para avisarles del turno. «No le pise los cabellos, no le diga una sola palabra y no demore más de un minuto», advertía el secretario antes de abrir la puerta y les deseaba suerte con una sonrisa de muñeco y la V de la victoria en los dedos. La princesa Mirasol los esperaba tendida en la cama azul, descalza, toda vestida de blanco, los cabellos sueltos, derramados por toda la habitación, los brazos sobre el pecho y los ojos cerrados. El pretendiente de turno se acercaba y estampaba el beso. Si la princesa no abría los ojos, significaba que el pretendiente debía probar suerte en otra parte. El secretario les decía adiós sin la sonrisa de muñeco y sin la señal de la victoria, y los veía alejarse por la calle de la desgracia con el tormento de la princesa anidado para siempre en el corazón.

Una vez abrió los ojos, una sola vez, y el pretendiente escapó: la princesa era bizca. Nadie se lo había dicho. Era el mayor secreto del reino.

El pretendiente se emborrachó esa noche y regó la noticia. Había gastado una fortuna en un curso de besos por correspondencia, había apostado su vida a ese beso, y todo para nada. El pretendiente bebía, maldecía, golpeaba la mesa y amenazaba con demandar al rey por daños y perjuicios. Más borracho aún, lloró al imaginarse sumergido en el río de los cabellos sueltos de la princesa y único dueño de sus besos, y delante de todos hasta aceptó convivir con el secreto. No pudo hacerlo porque los guardias vinieron y se lo llevaron sin atender sus razones. Le cortaron la cabeza al amanecer. El rumor se expandió como pólvora, de todas maneras, y los cursos por correspondencia se suspendieron.

–Sólo abrí los ojos porque me asustó su barba –explicó la princesa, y el secretario registró el dato en el libro de actas de besos del palacio–. Todos los anteriores vinieron bien afeitados.

–Se había gastado su dinero en un curso de besos –señaló el secretario.

—Qué manera de despilfarrar —comentó la princesa—. Imagínate lo que haría con las riquezas del reino.

Nadie decía que la princesa Mirasol era bizca. Nadie divulgaba el secreto. Pero el rumor era un caballo negro que masticaba las orejas como hierba.

Cuando dibujaban a la familia real en los cuadernos, los niños no olvidaban el detalle. Los profesores borraban los ojos de la princesa y los dibujaban de nuevo, tan azules, tan divinos. Los profesores querían conservar el puesto, y la cabeza en el puesto, por supuesto.

Nadie mencionaba el estrabismo al ver en las revistas de vanidades las fotografías de la princesa dormida.

—Es la bella durmiente —decían—. No ha llegado el príncipe que pueda despertarla.

Eso decían porque a nadie le gusta que le quiten la cabeza al amanecer. Ni siquiera en la cola de los pretendientes, cada vez más escasos y desanimados, se comentaba el incidente. Ya no se empujaban con el mismo afán ni se

miraban a los ojos. Silenciosos, unos dormidos y otros dedicados a resolver crucigramas, se preguntaban si el riesgo valía la pena. El caso de la bella durmiente pasó a otra página de los periódicos. Los pretendientes se sintieron abandonados; más allá de la puerta real adivinaron a una mujer triste y aburrida, cansada de tantos besos, que sólo esperaba que la dejaran dormir en paz de una vez por todas. Los últimos pretendientes volvieron a casa sin probar suerte.

Por ese tiempo se hizo famosa la canción de la princesa bizca. Todo el mundo la conocía pero nadie la cantaba. Se oían voces al otro lado de la pared. Saltaban la pared y no había nadie. Las voces entonces se oían a este lado. Saltaban la pared y otra vez no había nadie. Era una canción muy dulce, muy tierna y nostálgica, que hablaba de una mujer sola que lloraba más allá de sus párpados cerrados. La Llorona, una mujer desnuda y despeinada, que arrastraba cadenas a medianoche, la cantaba. La describían alta, blanca y delgada, como la princesa, pero nadie se atrevió a abrir la ventana para verla pasar.

Como era de esperarse, la canción llegó a los oídos del rey, que a las nueve de la mañana recortaba una rosa en el jardín real. Al despertar, el secretario del palacio le había recordado el cumpleaños de la reina y la promesa de presentarle una rosa cortada por sus manos y con tres gotas de su propia sangre. «Otra vez 23 de abril, cómo pasa el tiempo», dijo el rey sin mucho entusiasmo. La primera vez, a principios de siglo, se había puyado el dedo con una espina y se le ocurrió decirle a la reina que lo había hecho a propósito para demostrarle su amor. «Ay, Plutarco, quiero rosas ensangrentadas toda mi vida», dijo la reina, alborotada. El resto de años el rey usó una tinta secreta y la reina se conformó con el engaño.

El rey no vio quién cantaba la canción de la princesa bizca pero se detuvo como una estatua con el tallo de la flor apretado entre las yemas del pulgar y el índice de su mano derecha, fascinado por la belleza de la voz, y luego conmovido por la aplastante verdad de la letra, junto al ángel blanco que de noche vomitaba chorritos de agua verde, lloraba chorritos de agua azul y orinaba chorritos de agua amarilla en el centro del jardín, y entendió que no podía ocultar un día más el secreto que todo el mundo conocía. La reina, que lo vio así desde la ventana, en piyama y sin la corona que le disimulaba la avanzada calvicie, con el pie izquierdo en el aire y como a punto de volar, lo confundió con un espantapájaros.

Esa misma noche, en el banquete del cumpleaños, el rey anunció que su hija bizca se casaría con quién quisiera y abrió las puertas del palacio a toda clase de visitantes.

Comenzó una deliciosa época de grandes bailes y risas.

–Ya me dolía la espalda de estar acostada –dijo la princesa.

La princesa dejó de llorar por dentro. Aliviada del peso del secreto, bailó hasta casi desbaratarse el esqueleto y en un instante de iluminación inventó el paso del canguro alucinado, que se hizo famoso en todo el reino. Se cortó los cabellos para practicar los ritmos más frenéticos y, sobre todo, para no enredar a la pareja. Alguien alabó la belleza de sus ingobernables ojos azules, otro se extasió ante su cuerpo de alambre, otro se bañó en la nieve de sus manos. Hechizado por la redondez de la luna, otro que también perdió la cabeza por la princesa arrancó treinta rosas de un jardín ajeno y se las presentó manchadas de sangre.

–La que se vuelve loca por las rosas es mi mamá –explicó la princesa–. Puedes traerme astromelias y nomeolvides.

–No te olvidaré –dijo el hombre.

Quiso cumplir la tarea pero esta vez los guardias lo atraparon. Por entre los barrotes siguió contemplando la luna.

La princesa se divertía tanto que a veces se le olvidaba que buscaba a alguien para casarse. Se divertía tanto que se olvidó de buscar a alguien para casarse.

—¿Para qué voy a amarrarme si la estoy pasando tan bien? —dijo—. La vida está llena de delicias inconfesables.

El palacio reventaba de gente feliz.

Alguien fue por la mano de la princesa y encontró trabajo como cocinero. La princesa lo adoraba porque preparaba como nadie el cerdo en salsa de almendras. Otro llegó en un caballo blanco y la princesa se lo cambió por un par de loros franceses. Otro fue al palacio porque creyó que todavía repartían besos. «El concurso se acabó», explicó la princesa, muerta de la risa. «Pero puedo darte uno sin compromiso». Y le envió por el aire, desde la punta de los dedos, uno con sabor a mermelada. «¿Y quién es ella?» El despistado había acudido con su hermana, una loca feliz que se hizo muy amiga de la princesa y que leía las cartas con los ojos vendados. La princesa quiso saber su suerte.

—Veo dos caballeros idénticos pero no sé cuál de los dos te robará el corazón —dijo la hermana del despistado ante el reguero de cartas.

—No te preocupes —dijo la princesa—. Si se trata de mí, debe ser uno solo.

En ese momento entraron al salón del palacio, para una visita de cortesía, los gemelos de Prusia, Jacobo y Guillermo.

—No te preocupes —advirtió Guillermo de Prusia—. Somos gemelos.

—¿Los cuatro? —preguntó la princesa, muerta de la risa.

Nunca faltaron pretendientes. La princesa daba y recibía besos todas las noches con los ojos cerrados, y al secretario le dolían los dedos de escribir una página tras otra en el libro de besos. Al final, sobre todo después de medianoche, se cansó de describirlos y se limitó a contarlos. La princesa se retiraba al amanecer, despeinada, con las zapatillas en la mano, y dormía feliz, desbaratada por la dicha.

—Soy Mirasol, bizca de nacimiento y no tengo afán de casarme —decía cuando le presentaban a alguien.

Ella misma cantaba la canción de la princesa bizca. Le cambió algunas líneas y poetas anónimos modificaron las otras. La nueva versión nada decía de las lágrimas de una mujer escondida entre las rosas y, en cambio, se regodeaba con la imagen de una loca feliz en un palacio donde entraba todo el mundo. De la dulzura y la nostalgia había pasado al despelote, y la gente la bailaba con el paso del canguro alucinado.

–Creo que prefiero la primera versión, cuando mi princesa no era una loca –dijo el rey, preocupado.

–Acuérdate de cómo era yo –dijo la reina–. Y de todos modos, querido Plutarco, me casé contigo.

–Ay, Bernarda, temo que en el mundo no hay otro Plutarco.

–No te preocupes –dijo la reina–. El mundo está lleno de Plutarcos.

Mucho tiempo después la princesa Mirasol se casó. Mucho tiempo después, en otra página de esta historia. Mucho tiempo después tuvo hijos, enviudó y se murió.

Por ahora baila, se divierte y es feliz.

# El país de las bellas durmientes

alí a recorrer el mundo porque mi novia quería un unicornio. Leía libros raros y se le había metido la idea entre oreja y oreja. Por culpa de un libro la conocí, en el Parque de las Gardenias, a la sombra de un matarratón. La curiosidad me llevó a preguntarle qué leía. Ya no recuerdo el título ni el autor. Todavía no era mi novia cuando empezó a contarme la trama con tantos detalles que nos cogió la lluvia y la invité a un café. Hablaba y hablaba.

Pasó la lluvia después de seis tazas de café y dos visitas al baño. Quiso que la acompañara a su casa. Por el camino me acordé de la billetera y dejé a la mujer hablando sola en una esquina. Encontré la billetera en la mesa de la cafetería y volví corriendo. Supuse que no me había demorado porque la mujer seguía en la esquina hablando del mismo libro. Debí huir pero el hilo de las palabras me arrastró hasta su casa. Me presentó a la madre, una anciana medio sorda, comimos y vimos la telenovela, y ella, que casi era mi novia, todavía hablaba del libro. Me pareció que estaba bien que leyera pero no tenía necesidad de memorizarse todas las páginas. La película de medianoche comenzó y se acabó y ella hablaba. Al parecer, le quedaba saliva para mucho tiempo.

Un día cambió de tema y me contó que leía sobre unicornios. Se le metió la idea bien adentro. Me pidió que le consiguiera un unicornio como prueba de amor y me dio un beso. Ya era mi novia entonces.

—Aquí no vuelvas sin el unicornio —dijo.

No sabía por dónde empezar. Nadie daba razón de los unicornios. De cada país le escribía a mi novia y ella respondía: «Querido mío, sigue buscando». Buscaba cada vez más lejos y me confundía con tantos países. Al despertar, abría la ventana y preguntaba al primero que veía en qué país estábamos. El hombre me miraba como si estuviera loco.

—¿Has visto un unicornio por aquí?

—No en estos días —decía el hombre.

Seguí buscando porque amaba a mi novia y necesitaba demostrarle que era capaz de cualquier cosa, hasta de encontrar un unicornio.

Pasaron tres años y más de treinta países.

«Querido mío, ya casi no me acuerdo de ti, pero sigue buscando», me escribía mi lejana novia.

A los siete años me dí por vencido. «El unicornio no existe», le escribí a mi novia. «Tú tampoco existes», me respondió mi novia. «Voy a casarme».

Le dí la razón: la había abandonado. Alguien me envió el recorte del periódico. Se veía bonita mi novia, toda vestida de blanco, bonita y feliz, gordita, y me alegré de que ya no estuviera sola.

Ya no buscaba al unicornio. Caminaba por caminar. Conocía países por conocerlos. En el mapa, sobre cada país conocido, marcaba con lápiz una X.

Así llegué al país de las bellas durmientes. Se decía que en cada casa maduraba una bella durmiente. Dormían toda la vida y el sueño las volvía hermosas, hasta que alguien las despertaba con un beso. Entonces se dedicaban a cocinar entre bostezos, criaban dos o tres niños y se volvían feas.

A la entrada del país un guardia me preguntó cuánto tiempo pensaba quedarme:

–No lo sé, dos o tres meses.

–Me parece bien. ¿De negocios o placer?

—De placer —dije—. Estoy buscando un unicornio.

—Me parece bien —dijo el guardia, y se quedó dormido.

Retiré el pasaporte de su escritorio y entré al país con el pie derecho, algo cansado de viajar. Casi no encuentro hospedaje: todos dormían. Todos los hoteles repletos. Todos los escaños de todos los parques, todas las sillas de todos los teatros, todas las sombras de los árboles.

En las calles había camas sencillas para durmientes de paso, «dormideros», pero rara vez se encontraba una libre.

Tres días después, muerto de sueño, encontré un cuarto en El Sueño Feliz.

—Eres afortunado —dijo la señora, la dueña—. Esta mañana quedó libre el 303. El señor Facundo dejó de dormir.

Viendo mi asombro, la señora explicó:

—Murió.

El cuarto del difunto me pareció bien para dos o tres meses, mientras conocía el país. Usaría los objetos y la ropa del difunto, todo de mi talla y gusto, por suerte. Dormí con dedicación, sin quitarme la ropa ni los zapatos. Al despertar, llamé al restaurante del hotel y pedí un café. No había café. Y agregaron, como si se tratara de una droga prohibida:

–Nos quita el sueño.

Encendí la televisión. Sólo películas espantosas que daban ganas de dormir, concursos aburridos donde todos los participantes bostezaban, propagandas lentas y tediosas. Apagué antes de quedarme dormido. Quería conocer el país en vez de dormir.

Salí a caminar y, aunque ya no lo buscaba, pregunté por el unicornio.

–Vete a dormir –me dijeron en todas partes.

Nadie me dio razón del unicornio en aquel país donde todo parecía diseñado para el sueño. Almacenes de colchones y almohadas, sábanas y cobijas, en todas las calles. Hasta el sol lo volvía a uno soñoliento, hasta las iglesias, grandes y cómodas, hasta los movimientos

de la gente, lentos y suaves, hasta su manera de hablar.

En el país de las bellas durmientes no se decía *adiós* sino *Dios quiera que duermas bien*. En los jardines públicos cultivaban bellasdurmientes, unas plantas muy pequeñas que, al más leve contacto, cerraban sus hojas como abanicos. Los piquetes de los mosquitos provocaban sueño. El insomnio se curaba introduciendo al enfermo en cámaras repletas de esta clase de insectos. En el mercado se podía comprar aceite de mosquito para adormecer el dolor. Entre más se dormía más reputación se conseguía. Los desvelados eran la peor clase social.

Bellas mujeres recorrían las calles con los ojos cerrados. Nadie se atrevía a tocarlas. Ni siquiera el viento las despeinaba.

Pregunté por la más famosa de las bellas durmientes y me señalaron el palacio real.

–No podrás verla –dijeron–. La princesa Isabel está durmiendo.

—Debes esperar hasta el domingo y sólo podrás verla si te ganas la rifa –dijeron.

—Si la ves, podrás contárselo a tus nietos –dijeron.

—Habrá algo interesante que decir de ti –dijeron.

El domingo fui al palacio. Pagué la entrada y me dieron un número. Hice la fila, esperé tres horas y se me durmieron las piernas. Pasamos a un inmenso salón rojo. «Ya saben las reglas», dijo un hombre vestido de negro, micrófono en mano. Quise saber las reglas y se las pregunté a mi vecino de asiento. Se durmió antes de terminar de explicármelas. El hombre de negro hizo algunos trucos: extrajo un conejo del sombrero, un pañuelo kilométrico de su boca, huevos de los bolsillos de un colaborador espontáneo. Luego, antes de que nos durmiéramos todos, apareció una canasta. La giraron, revolvieron los papeles en su interior y sacaron uno.

—3034 –dijo el hombre de negro.

Nadie apareció. Seguro que el afortunado dormía. Giraron, revolvieron y sacaron otro papel.

–4357 –dijo otra vez el hombre de negro.

Nada. Otro dormido. Otra vez a girar, revolver y sacar.

–3333 –dijo el hombre de negro.

Era mi número. Seguro que hubieran seguido sacando números toda la tarde, hasta encontrar el mío, porque era uno de los pocos despiertos. Salté al escenario. Dos o tres pelagatos aplaudieron.

–¿Quieres ver a la bella durmiente? –dijo el hombre de negro.

Tuve ganas de responderle que prefería a la Mujer Araña, pero me contuve. El buen humor no era para soñolientos.

–Sí –dije con toda educación y fingí la sorpresa–. Quiero verla.

–Te está esperando –dijo el hombre de negro.

Me condujeron por un corredor limpio, muy iluminado, hasta un cuarto inmenso. En el centro del cuarto había un bosque y en el centro del bosque había una cama. La princesa Isabel acababa de desayunar y aún estaba despierta.

Me preguntó mi nombre.

Conversamos de cosas sin importancia mientras le lavaban el rostro con agua de rosas y le cepillaban los cabellos.

Todavía conversábamos cuando apareció el rey, bostezando, en piyama y con la corona puesta. La princesa nos presentó y aproveché para preguntarle con todo respeto si le quedaba un instante para gobernar, pues en su altísima posición de rey debería dormir todo el tiempo.

–Es muy fácil –explicó el rey, y bostezó–. Dormimos tanto que gastamos menos ropa, menos comida, menos de todo, y tenemos muchos menos problemas. Así es muy fácil gobernar. Nuestra reunión mensual de ministros es como en todos los países: la mitad viene al palacio y se duerme, y la otra mitad se queda en casa. Somos una familia feliz.

Todo lo que una familia necesita es un buen colchón. ¿Usted duerme bien?

—Demasiado.

—Felicitaciones —dijo el rey—. Pero usted no es de los nuestros.

Le dije de dónde venía y se asombró. Nunca había oído de mi país. Era tan pequeño e insignificante.

—¿Qué busca entre nosotros? La policía no me ha dicho nada.

Por bruto, no le dije que soñaba conocer a la princesa Isabel sino que estaba buscando al unicornio.

—Muy bien —dijo el rey, retirándose—. Avísame cuando lo encuentres.

—Tal vez me case contigo —añadió la princesa.

Creo que lo dijo por cortesía. Me pidió que la besara. Me acerqué a besarla en la frente, por cortesía, y se durmió.

Luego me explicaron que hubiera podido besarla donde quisiera, pero era tarde. No volví al palacio porque nadie se había ganado dos veces la rifa.

—A uno que quiso dárselas de vivo, le cortaron la cabeza —dijeron.

Entonces seguí buscando al unicornio. Aún sigo buscándolo. La princesa Isabel, que ahora es la reina, la mujer de uno que se atrevió a besarla en la boca, con muchos hijos y algunos nietos, de vez en cuando me envía una postal, como respuesta a una de mis largas y minuciosas cartas, una por país. «Querido mío», me escribe, «sigue buscando».

# La princesa, el gato y el diablo

Durante muchos años los reyes esperaron que su hija eligiera un pretendiente. El palacio rebosaba de pretendientes de todos los países, colores y tamaños. Los reyes estaban algo cansados de alimentar tanta gente.

—El sueldo no me alcanza —se quejaba el rey—. Debí cobrar una inscripción y un seguro.

—Se emborrachan y rompen todo —se quejaba la reina—. De la vajilla que nos obsequió la reina Josefina no queda un solo plato.

–Se propasan con todas –se quejaban las sirvientas–. La cosa les parece tan buena que muchos pretendientes enviaron por su familia y los sirvientes, y ahora somos sirvientas hasta de sus sirvientes.

La princesa parecía feliz entre tanto alboroto. Los pretendientes decían morirse por ella y seguían igual de vivos al otro día, comiendo y bebiendo en abundancia.

–La princesa nos desprecia pero la vida en palacio no es tan mala –decían–. Es gratis.

La princesa los esquivaba por igual. No diferenciaba rostros ni conocía nombres. Sólo sabía que el número aumentaba cada semana. En su corazón sólo había sitio para el gato.

La princesa y su gato negro tomaban el sol en la ventana, espiados por los pretendientes mal disimulados entre las plantas del jardín, bebían del mismo plato y dormían en el mismo cuarto. El gato la mantenía a salvo de los bigotes de los pretendientes.

La historia parecía que no tendría fin hasta que la princesa llegó brincando de felicidad.

—Me dieron un beso —dijo ante el rey, la reina y los consejeros.

—¿Cómo? —dijo la reina.

—Un beso caliente. Miren cómo vengo de negra, señores.

—Más negra no puede ser —dijo la reina.

—¿Dónde? —dijo el rey, tratando de dominarse.

—En el mercado —dijo la princesa—. El mercado de las flores de Getsemaní, entre las astromelias y las siemprevivas.

—¿En qué parte de tu humanidad? —dijo la reina.

—En la boca, por supuesto.

—¿Quién? —dijo el rey, incapaz de dominarse.

—El diablo.

—Un pobre diablo, no me cabe duda —dijo la reina—. Bien infeliz va a ser con el poco juicio que tienes.

—El mismo diablo. Quiero decir, señores, el diablo en persona. Les anuncio que esta noche vendrá a visitarnos. Por favor, traje largo para las damas, corbata negra para los caballeros y los honores de rigor.

—Ese discurso me corresponde —protestó el rey.

—Por favor, papi —dijo la princesa.

—Traje largo para las damas, corbata negra para los caballeros y los honores de rigor para el invitado.

—Ése es mi papi.

El diablo llegó al palacio a las diez en punto en una carroza tirada por siete caballos oscuros, muy elegante, muy caballeroso, con su corbata negra, traje de paño inglés, sombrero de ala ancha y zapatos combinados. Saludó a las damas de beso y a los caballeros con una profunda venia. Se puso la mano en el corazón cuando chillaron las trompetas y dejó escapar una lágrima de fuego con el himno de la patria. Sin embargo, a la reina apenas le pareció un tomate bien envuelto.

—No es posible —comentó, alarmada—. Con tantos pretendientes de todos los colores en el palacio, sólo a Paquita se le ocurre escoger un tipo colorado del mercado de las flores. Lo hace para llevarnos la contraria.

—No parece mala gente —dijo el rey—. Por la pinta se adivina que no es un pobre diablo.

—Se me antoja muy exigente.

—Más vale uno que cien.

—¿No será Pedro Navajas? —insistió la reina.

El diablo fascinó a todo el mundo. Dijo los mejores chistes, hizo las mejores bromas y bailó mejor que nadie. Los consejeros se retiraron satisfechos cuando el gato se acostó a sus pies. Algunos pretendientes de inmediato hicieron las maletas.

—Ay, lo único que nos faltaba, Abelardo: el diablo en el palacio —suspiró la reina esa noche en la cama.

Después de cepillarse los dientes, el rey acomodó la corona en la mesita de noche, pateó las pantuflas y se acostó.

—Llevo veinte años diciéndote que no avientes las pantuflas.

—Los mismos veinte que llevo diciendo que te calles, Juliana.

—Tengo una curiosidad, Abelardo. ¿De qué color serán nuestros nietos?

—Eso no me preocupa. Yo soy blanco como la leche y nuestra hija es negrita como el carbón y no me preocupa.

—Habla pasito, nunca faltan orejas detrás de la puerta.

—Todo el mundo lo sabe, querida. ¿Pero si nacen con cola?

—¿Y los cachos?

—Los cachos no me preocupan.

—¿Qué quieres decir, Abelardo?

El rey comenzó a roncar. Por lo menos en tres años no había roncado con tal sonoridad, con tal armonía. Alguien hizo una grabación que se vendió como pan caliente y cuyas regalías le sirvieron al rey para comprar tres vacas lecheras que mejoraron sus ingresos notablemente.

Los pretendientes comenzaron a desaparecer como por encanto. Unos se iban por su propia decisión y otros por el acoso del diablo, que echaba chispas de los celos. Otros, enviciados con la buena vida, dijeron que esperarían hasta el día de la boda. El diablo los tiró de los pies a medianoche, les sopló aire caliente al oído, les hizo cosquillas con el tenedor, hasta que sólo quedó uno.

—¿Quieres que me case contigo? —dijo el diablo, y le dio un beso de fuego.

El pretendiente, con los pelos parados y el rostro encendido, hizo maletas y desapareció por *El camino de las tres cruces*. En la cima de la montaña se detuvo, miró por última vez el palacio de la buena vida y siguió corriendo. Desde entonces el punto se conoce como *El paso del último pretendiente*.

El rey estaba encantado.

—¿Cuándo es la boda? —dijo.

—¿Cuál boda? —dijo la princesa—. El infierno se acabó.

—¿Y el caballero?

—Sólo estaba de paso.

—Qué lastima –dijo el rey–. ¿Le diste las gracias por espantar tanto espantapájaros?

—Se lo agradecí y no puedo decirte cómo ni cuánto.

—Ahórrate los detalles para tus amigas.

—Se llevó al gato. Dijo que detrás del gato va su dueña. Qué mañana tan preciosa.

Mariposas y golondrinas cruzaban la dulzura del aire. El viejo jardinero negro, a gatas, desyerbaba el jardín con sus manos desnudas. El sol estallaba en su frente sudorosa. En el centro del jardín, la estatua de cuando el rey era joven vigilaba el crecimiento de las flores. Un perfume delicioso subía hasta la ventana, desde donde el rey y su hija contemplaban el mundo extasiados.

—Y yo que creí que estabas feliz con todos los muertos de hambre –dijo el rey.

—No me dejaban en paz ni para ir al baño, papito. De cualquier parte aparecía una mano con ganas de agarrarme. Ya no soportaba que me dijeran una vez más: «Mi negrita linda de sangre azul, ¿entonces cuándo?» Tenía que trancar puertas y ventanas para hacer la siesta. ¿No se supone que soy una bella durmiente? ¿Qué bella durmiente voy a ser con estas ojeras que todavía no se me borran? Ni siquiera dejaban respirar, padre mío. Hasta me escondían el gato. Tan despistado que eres, nunca te diste cuenta de nada. Me caían como moscas.

–Algo olía mal en todo el reino.

–No era tu hija, papacito, que usa perfume francés.

–Ya sé que te bañas en perfume, pero a los señores muertos de hambre se les olvidaba.

–No se limpiaban ni el vómito de la última borrachera. No me dieron ni un anillo de fantasía. Debiste exigirles una inscripción, un seguro y un presente.

–Qué mañana tan preciosa, tienes toda la razón.

El jardinero negro salió del jardín con los brazos llenos de rosas para los jarrones reales. Le hizo una venia al rey y una sonrisa a la princesa. Ambos, desde la ventana, le respondieron agitando la mano, como si el jardinero saliera de viaje.

–No sabía que te escondieran el gato –dijo el rey.

–Una vez lo envenenaron pero se salvó con leche y ajo –dijo la princesa–. Ahora que somos felices ya no hablemos de desgracias.

En ese momento tocaron a la puerta.

La reina acudió a abrir.

–¿A qué no saben qué cosa es? –gritó.

–¿Qué? –dijo el rey.

–Un pretendiente –dijo la reina.

La princesa se agarró la cabeza con ambas manos.

–Me voy al infierno –dijo.

Subió a su cuarto, preparó la maleta y salió corriendo.

# El caballo del príncipe

Los reyes de Taganga vivían preocupados porque el príncipe Federico el Grande, el único heredero, todavía jugaba con el caballo pecoso y otros juguetes. El caballo sudaba debajo de la inmensidad del príncipe: ciento veinte kilos repartidos en dos metros con diez centímetros. Grande y flojo, ni siquiera se atrevía a bañarse en el mar.

–Déjalo, ya le llegará la hora –decía la reina, un poco más tolerante.

–De nada sirven las fiestas que damos en el palacio –decía el rey–. Vienen las más hermosas mujeres de todas las partes del reino y nuestro hijo no quiere bailar con ninguna.

–Federico no baila muy bien.

–Nadie se fijará en eso, querida, él es el príncipe, el futuro rey.

–Es un príncipe cojo.

–Cojo, tuerto, manco, así será rey.

–Te dije que no lo mandaras a la guerra.

–Lo hice para que se hiciera hombre.

–Está bien, pero sólo nos devolvieron medio hombre.

–Le dije que se mantuviera en la retaguardia.

–Retaguardia, vanguardia, el pobre no diferencia tales detalles.

Las fiestas continuaron en el palacio hasta la feliz mañana en que el príncipe se declaró enamorado.

–¿De quién? –preguntó el rey, perplejo, con el vaso de jugo de naranja detenido a tres centímetros de la boca.

—No sé su nombre –confesó el príncipe.
—Al menos sabes dónde vive.
—No lo sé.
—¿Tienes un retrato?
—No.
—¿Qué tienes de ella?
El príncipe enseñó una pantufla.
—¿Eso es todo? –dijo el rey–. Quítala de la mesa.
—Hace tres noches que duermo con ella.
—¿Con quién?
—Con la pantufla de su divino pie.
—¿Estás enamorado de una pantufla? –dijo el rey, todavía con el vaso detenido–. Siempre supe que eras un idiota, pero esta vez exageraste.
—Déjalo hablar, querido –dijo la reina–. Tal vez Federico esté enamorado de la dueña de la pantufla.
—Me la dio como recuerdo –suspiró el príncipe y apretó la pantufla contra el pecho.
—¿Qué más te dio? –dijo el rey.
—Nada más.
—¿Dijo que volvería?

–Dijo que la buscara –explicó el príncipe–. Si la encuentro, se casará conmigo.

–Manos a la obra –dijo el rey–. Quiero decir, manos a las patas de todas la mujeres del reino.

–Qué manera de hablar –se horrorizó la reina.

Todas las mujeres acudieron al palacio para probarse la pantufla. A muchas les quedó como anillo al dedo, pero eran gordas, como el príncipe; o tuertas, como el príncipe; o cojas, como el príncipe; o mancas, como el príncipe, y él no quería un espejo sino un sueño.

–¿No será que encontraste la pantufla en la basura y lo que quieres es seguir jugando con el caballo toda la vida? –decía el rey, cansado de la procesión de mujeres.

Dormía poco el rey. El parloteo de las mujeres lo enloquecía. Cuando alguna de las mujeres, nerviosa, regaba el café, todas las sirvientas acudían a limpiar, unas encima de otras. En el salón no cabía otra mujer. Se disputaban con tanta ferocidad el turno de probarse la pantufla que el salón parecía un campo de batalla.

–¿Qué haremos sin el heredero de nuestro heredero? –decía el rey todas las noches antes de colocarse el gorro de dormir–. Si las cosas siguen así, querida, en pocos años el reino pasará al mayor de los hijos de mi difunto hermano Pantaleón, y tú sabes que es peor que nuestro Federico. Al menos a Federico no se le escurren las babas ni come moscas.

–Déjalo, ya madurará.

–¿Cuándo? –dijo el rey–. Tiene cuarenta años.

Por fin, otra mañana feliz el príncipe despertó a los reyes con la noticia: había encontrado a la dueña de la pantufla. Dorotea del Carpio, la hija mayor de la cocinera del palacio, todavía buscaba la pantufla, cuando tropezó con el príncipe y le derramó un plato de sopa en el pantalón. No se acordaba del príncipe. «Soy sonámbula y tengo mala memoria», explicó mirando hacia arriba, hacia la cara de menso de Federico el Grande. El sol le impedía apreciar su escasa belleza de caballo grande. Dorotea del Carpio, por su parte, no era muy bonita pero tampoco tuerta ni coja ni manca y, lo más importante, sabía montar a caballo. Un poco pasada de kilos, se le notaban por delante y por detrás. Le gustaba dormir en la cocina, en la ceniza tibia de los fogones, y a escondidas le decían Culo Ceniciento.

–¿Usted es al que llaman Federico el Grande? –dijo–. Yo soy Dorotea del Carpio y puedes decirme Dorotea la Chiquita. La Grande es mi mamá, otra Dorotea del Carpio, experta en chicharrones de marrano.

–¿Por qué no fuiste a probarte la pantufla?

–Estaba cuidando los marranos –dijo Dorotea–. ¿Cuál pantufla?

–La que me diste.

–¿Por qué iba a dársela si apenas tengo dos? –dijo Dorotea y soltó la risa–. Sería como darle la mitad de mi reino. Si se la di, estaba dormida. Ah, por su

culpa llevo tres meses con una pata pelada.

—No sabes el alboroto que se armó en el reino, hemos buscado hasta debajo de las camas.

—Ahí es donde primero se busca. Si supiera cómo la busqué entre la ceniza. ¿Cuándo me la devuelve?

—Te compraré tres docenas de pantuflas si te casas conmigo.

—¿Tres docenas?

—Cinco, seis, siete docenas.

—Sólo quiero una.

—Te traerán una docena de pantuflas de la bella Francia.

—No tengo una docena de pies. Sólo quiero mi pantufla. ¿Usted es medio idiota?

—Soy todo medio —explicó el príncipe.

—Eso se nota.

—Pero contigo estaré completo. Por si no lo sabes, heredaré el reino completo. Cásate conmigo y tendrás la pantufla y todo lo que quieras.

—¿Es que tiene mucho afán? Ni siquiera Dorotea la Grande se ha casado.

—El afán es de mis papás.

—Ellos ya se casaron.

El príncipe soltó la risa.

—Qué risa tan bonita —dijo Dorotea—. Parece una estampida de marranos.

—Nadie me había dicho una cosa tan poética.

—¿Me acusa de poética, señor? Sepa usted que no soy de ésas ni tengo ninguna enfermedad.

—Digo que nadie ma había dicho nunca nada bonito. Cásate conmigo, que me cogió el afán.

—Para serle franca, señor, usted es el primero que me lo propone. ¿Qué tal si no me lo propone nadie más? Aprovechemos el afán.

Se casaron.

Desde entonces salieron a pasear juntos en el caballo pecoso, que doblaba las patas como una araña y con la barriga casi raspaba el suelo. Los reyes vigilaban desde el balcón. La reina se veía feliz, pero el rey seguía preocupado.

—Me pregunto si Federico sabe para qué se casó.

–Déjalo en paz –dijo la reina–. Queríamos que se casara y ya se casó. La muchacha tiene cara de mensa pero no es. Ya verás cómo saca las uñas. Van a terminar bañándose en el mar. Por ahora sólo me preocupa una cosa.

–¿Qué?

–Tendremos que comprarles otro caballo.